KB206964

푸른사상
시선

84

빗방울 화석

원 종 태 시집

푸른사상 시선 84

빗방울 화석

인쇄 · 2017년 11월 30일 | 발행 · 2017년 12월 10일

지은이 · 원종태
펴낸이 · 한봉숙
펴낸곳 · 푸른사상사

주간 · 맹문재 | 편집 · 지순이, 김수란 | 마케팅 · 김두천, 이영섭
등록 · 1999년 7월 8일 제2-2876호
주소 · 경기도 파주시 회동길 337-16(서패동 470-6) 푸른사상사
대표전화 · 031) 955-9111(2) | 팩시밀리 · 031) 955-9114
이메일 · prun21chanmail.net / prunsasangnaver.com
홈페이지 · http://www.prun21c.com

ISBN 979-11-308-1244-1 03810

값 8,800원

이 도서의 국립중앙도서관 출판시도서목록(CIP)은 서지정보유통지원시스템 홈페이지(http://seoji.nl.go.kr)와 국가자료공동목록시스템(http://www.nl.go.kr/kolisnet)에서 이용하실 수 있습니다. (CIP제어번호 : CIP2017031617)

이 책은 경남문화예술진흥원의 문화예술지원을 보조받아 발간되었습니다.

푸른사상 시선 84

빗방울 화석

| 시인의 말 |

단단한 눈물
돌 속에서 수억 년 동안 내리는 빗방울
오직 흰 귀로 말하는 것
보이지 않지만 존재하는 것
불투명하고 불확실한 세계
무의미한 시공간과 덧없음
자웅동주로 함께 있어도 외롭고
아무것도 하지 않아서 더 많은 일을 하고
생존의 최전선이자 죽음의 덫이기도 한 뿔
삶과 세계의 양가성, 역설에 대하여
두 번째 시집 또한 미안하고 부끄럽다

2017년
거제도에서 원종태

| 차례 |

■ 시인의 말

제1부

제2부

제3부

제4부

제1부

섬

섬이 압정처럼 바다를 꾹 찝고 있다

바다는 주름지고 펄럭이고 쿨럭이고

수평선은 팽팽하다 넘치지 않는다

사람들은

가슴에 박힌 못을 어루만지며

허옇게 뒤집히는 바다를 읽는다

절세의 고수

늙은 소는 앞세우고
젖먹이 하나 등에 붙었다
몸뻬바지에 닿을 듯 말 듯 아이 하나
긴 목 위에 양동이를 이었는데
넘치는 물은
흔들리는 바가지로 누르고
먼 논두렁길
초승달같이 저어 가는

천 년에 다시 한 번 볼 수 있을까

징검다리에 주저앉아
떠내려간 고무신 한 짝에 울 때
물 위를 걸어서 건져오던 여자
아이들 모두 떠나고 아무도 없는데
하늘을 걸어서
늙은 나무에 걸린 꼬리연을 타고 오던
절세의 고수

어쩔 수 없는 일

팽나무 고목 둥지에서 떨어졌는가 보다
검은 길 위에 비에 젖은 어린 새
샛노란 입술
비 폭탄에 꼼짝도 못 한다
어미는 없고 자동차는 달려오지만

어쩔 수 없는 일이다

억수비는 고목과 옥수수 잎과 둥지와 어린 새와 그 무엇도 가리지 않는다
파닥이는 따뜻한 심장
한 줌 몸을 들어 옮겨주었다
이 또한
어쩔 수 없는 일이다

맑은 날

5월 어느 날 참 맑은 날
달리는 차창 이마에 딱,
노랑나비 한 마리 투신했다

문상을 다녀오는 길이었는지
결혼식에 가는 길이었는지
팔랑팔랑 돌진하는 것이었다

피할 새도 없이 딱,
소리와 몸이 빈틈없이
하나가 되는 순간

깊이도 없고
넓이도 없는
소리 한 점

나비가 전속력으로 멈추자

온 우주도 멈췄다

터널을 막 빠져나올 때였는지
들어가기 직전이었는지
참 맑은 날, 참 밝은 때

마지막 날은 이렇게
맨 처음은 이렇게라는 듯

흰 노루귀

네가 피어서 내가 갔는지
내가 가서 네가 피었는지
모르겠다 몰라서
앉아서 보고 엎드려서 보고 서서 보고
무릎 꿇고 보고 눈 감고도 보고
눈 감으면 더 또렷해
예전에는 말하지 못했는데
지금은 말하지 않지
훗날에는 그 말조차 기억나지 않겠지
하얀 귀만 달고 하얀
귀로만 말하니 얼마나 다행이냐
바람이 분다
흔들리는 것으로 흔들리는 것을 붙잡는다

화엄사 홍매

어디 애인이라도 숨겨놓았어요
삼백 살이나 먹었답니다
늙었다고 꽃 안 피는 줄 아나요
마음은 주지 말고 그냥 오세요

가만히 서 있는 나무 한 그루 보려고
짐승처럼 할딱거리며 달려간다

에스키모가 늑대를 사냥할 때는
눈밭에 짐승의 피 묻은 칼을 꽂아놓는다
다투어 칼을 핥다 죽는 몸 비늘 비늘들

구례 화엄사 각황전 옆에
피 묻은 칼 한 자루 서 있다

눈과 코를 달고 나온
이번 생도
틀렸다

아무것도 아닌 것

꽃그늘에서 쓴 편지를 읽으려고
목련은
수천 개의 흰 눈을 뜨고
수만 개의 흰 귀를 세우고
흰 모가지를 뽑아들고 망연, 했는데
그런데
하도 부끄러워서
한 마디도 쓰지 못한 백지였다면
믿어주시겠어요?

흰 종소리는 하늘 높이 흩어져가고
흰 몸은 돌 우에 내려앉는다

꽃 핀 자리

꽃은 꽃이 아니라
그 이름이 꽃일 뿐이라는데
몸이여
봄볕에 덴 자리를 잊지 못하네

바람꽃

슬픈 노래를 부르지 마시라
느리고 깊은 가락을 타고
내뱉는 숨과 들이쉬는 숨 사이 아득한 골짜기
내 것이 아닌 내 것이 찾아들어
나를 흔드는 이여
바람의 모서리를 타고 찾아드는 이여
검은 것이 흰 것으로 바뀌는 동안
늙은 산이 어린아이를 토하는 시간
바람은 공중의 현악기를 물어뜯고
물은 지상의 관악기를 두드리며
내 아닌 것들이 내 속에서
나를 밀어내는 이여
생전에 못다 한 말인 듯
죽은 사람의 입 이파리
늙은 사람의 귀 이파리
나무들은 나무나무나무 흔들릴 때
마침 절집 늙은 중은 금강경 독송
마음에 주소가 없는데
꽃은 일러 무엇 하겠는가

수국 빈집

수국은 수국수국 하면서 핀다
장마 중에 햇살이 잠시 잠깐
종소리를 낼 때
수국은 분식회계처럼 헛꽃으로 치장을 하고
늙어가는 것이다
다시 헛것에 모여 춤추는 나비 떼
빨간 우체통에는 풍화된 편지가 만발하다
장맛비는 깨어진 장독을 맹렬하게 낭독한다

수국은 망해버린 숙이의 찻집 이름이다

꽃에 팔려 길을 잃다

너는 어디서 왔느냐
먼 곳 우주로부터
너는 어디로 가느냐
먼 곳 떠나온 곳으로
나는 우주의 티끌
너는 오래전의 나
별똥별 떨어진 곳에
꽃이 피네 꽃이 지네
별들이 총회를 여는 계곡과 능선
소주잔에 가득 내려앉던 별들
비워도 비워도 다시 뜨는 별들
밤이 오면 별이 뜨고
아침이 오면 별이 피네
나는 가고 너는 오네

천남성

화려함으로 그 몸을 숨기고

단 한 번 필살의 기회를 노리는

당신은 하필 뜨거운 남쪽 별

나는 먼 북쪽 어디에선가 자작나무 껍질 터지는 소리에 귀를 닫고 흰 당나귀와 걸어가다 어느 언덕 아래 주저앉아 백김치에 소주를 마시는 것이다 당신이 주었기로 술은 달다

어젯밤 토한 피가 흰 눈밭에 아직 맑아서

첫 남성, 뜨거웠으니

사랑은 사약보다 오히려 쓰고

세상은 자웅동주의 겨울로 깊어가는데

당신은 남쪽 별 나는 눈 내리는 밤

사랑은 멀어서 더욱 치명적이다

그 사람

맨 먼저 피어나고
맨 앞에서 흔들리고
맨 먼저 지는
최전선의 꽃 한 송이
겨울의 맹우
봄날의 쟁우

빗방울 화석

빗방울도 돌이 되고
눈물도 바위를 이루는구나
물결은 돌 속에서 물결치는구나
돌 속에 들어가기 전에
뒤돌아보았을까
먼저 돌이 된 빗방울이 나중에 오는 빗방울에게
이제 오느냐 벌써 오느냐고
무릎을 내어놓고 어깨를 비워두고
돌 속에서 몇억 년 물결치며
몇억 년을 돌 속에서 내리는 비
흘러도 흘러도 물이 되지 않는
굳어도 굳어도 돌이 되지 않는
마음 있으니
눈물이 모여 사는 돌 속에
물결이 물결치는 마음속에
퍼내도 퍼내도 마르지 않는
시간을 사는

거제 노자산

나를 뿌려주기 좋은 곳이다

때마침 때죽나무꽃

흰 꽃 점점

뿌려진 산길에 다시 피어

가는잎그늘사초는 시간의 그늘을 풀어헤치고

푸른 목소리가 절창이다

팔색조 울음은 안개에 젖어 멀고 먼데

어린 짐승과 늙은 나무의 발목을 자르는 안개에게

기꺼이 푸른 목을 내어주겠다

남해 바다 거제 노자산에 들어

나는 아무것도 아니어서 좋다

받침 없는 것들

모래와 모래와 바다와 파도와 해와 비와 노을이와 칠게와 방게와 달랑게와 엽낭게와 밤게와 집게와 갯게와 아이와 말똥게와 붉은발말똥게와 꽃게와 게고동이와 뽈찌와 잘피와 거머리말이와 애기거머리말이와 도요새와 긴부리도요새와 할미새와 꼬마물떼새와 저어새와 노랑부리저어새와 독수리와 백로와 중대백로와 쇠백로와 왜가리와 해오라기와 아비와 회색머리아비와 큰회색머리아비와 황조롱이와 흰꼬리수리와 수달이와 달수와 달자와 갯메와 찔레와 해당화와 기수갈고둥이와 해마와 복해마와 말미잘이와 해초와 다시마와 미역줄기와 따개비와 바지락이와 말미잘이와 갈매기와 바다와 모래와 모래와 안개와 는개와 비와 비와 파도와 시와 와와와 받침 없는 것들

제2부

통영, 이중섭

통영 사람들은 통영을 토영이라고 부른다
이중섭은 토영 시인 화가들과 새미골에서 막걸리를 마시고 술값으로 그림을 그려주었다
평안도 사내 백석이 스무 해 전 토영 가시내를 찾아 시를 울던 충렬사 돌계단이다
이중섭은 동경으로 보낸 아내를 생각하며 흰 소를 그리고 있다
이 사내도 목이 긴 평안도 사람이다
내일이면 동경에서 아내가 온다고
남망산을 단숨에 올라 바라보는 현해탄은 은박지처럼 반짝이고
오늘도 바다는 소식이 없고 피난은 간처럼 쓰다
항남동 나전칠기기술원양성소 2층에서 방금 태어난 황소는 허엉허엉 붉은 해처럼 서피랑을 넘는데
오늘은 달도 까마귀도 없는 밤
모래밭은 먼데 청게 몇 마리 아이들처럼 발바닥을 간지럽힌다
은하수를 끌어다 병장기를 씻는다는 세병관
가물한 현판 위로 은하수는 또 흐르고

서귀포, 이중섭

서귀포 이중섭의 고방 앞에서 여자가 울고 있다
그 여자를 보는 순간 빨리 늙고 싶어졌다
1.4평 ㅁ자 방 안에 아고리와 발가락군과 어린것들이 조개껍데기로 소꿉놀이를 한다
먼 언덕에는 평안도 황소가 히죽히죽 웃고
붉은발말똥게들이 백 년이 넘은 밀감나무 밭을 재재거리며 지나간다
아름답고 빛나는 것들은 모두 다 작고 물기가 묻어 있다
게딱지만 한 방이 그러하고 은박지가 그러하고 물 밖에 나온 물고기 비늘과 벗은 아이들과 생이별이 그러하다
성벽이 이렇게 허술해서야 어디 바람이라도 막아내겠는가
구멍 숭숭한 돌담이 제 몸을 지키기도 하고 안엣것들을 보살피기도 한다고 둘러서 있는 것이다
바다를 건너온 게지 그 여자는
세기의 궁핍이 수국처럼 만발하게 늙어간다
찰나는 영원의 다른 이름이고
몇몇 해 사랑의 힘으로 세기를 건너기도 한다
화가들은 왜 가난하고 행려병자 영양실조 광인이거나

불행의 끄나풀인가요

사후적인가요 요절한 시인들처럼

빛나는 별이 죽은 별의 숨결이듯 젊은 화가여

너에게 닿기 위해서는 폭발하듯 폭삭 늙어버릴 수밖에
없다

우포늪 편지

우포늪에 여름이 절창이에요 한 번 다녀가시지요
초록 카펫을 짜는 늪은 느읖느읖 소리를 내거나
쩌읖쩌읖 소리를 낼 때도 있지요
철커덕 철커덕 할 때도 있는데
대개 소리는 마음이 내기 때문이겠지요
풀들의 뿌리가 서로 내통하는 소리가 맹렬하지요
먼 산에서 온 바람은 제방에 걸터앉아
바디를 쉭쉭 당기기도 하고 북을 왔다 갔다 하고요
지루할 때쯤 물새들이 물을 뾰족하게 파먹기도 하지요

막는다고 될 일이 아니지요
바다로 가는 길이 막히고 또 막히자
어쩔 수 없지 이쯤에서 물의 농성이 시작된 거지요
물들은 곰곰이 속으로 당기는 힘을 배웠어요
1억 년 동안 웅성대면 가시도 연꽃이 되는가 봐요
입속의 입에 가시를 물고 탕진했던 젊은 날
제 몸을 수직으로 찢고 솟아오른 자색, 낭자해요
초경이 막 터진 딸아이 앞에서처럼

갈대숲은 멀찌감치에서 소경처럼 서러워져요

달팽이가 무릎을 접으며 저녁 속으로 기어들어가네요
은하수 별들이 소름처럼 돋아나네요
야윈 달은 천 개의 늪에 젖어들고 싶지만
초록 카펫을 깔아버린 늪은 달을 받아줄 몸이 없어요
풀들이 바람을 불러 서로 몸 비비는 숲길을 따라
이파리마다 찰랑찰랑 달빛 담는 소리가 들리네요
숲에는 솔부엉이 물꿩은 미요미요 느리게 울면
반딧불 몇 점 조등처럼 아득히 반짝이네요
여름이 다 가기 전 우포늪에 한 번 다녀가겠어요

우포늪

늙은 소가 죽었다

고니의 날카로운 부고가 늪에 퍼지면

하늘은 늪에 몸을 던지고 물은 하늘에 닿는다

산은 둥근 몸을 누이고

바람은 구름을 넓게 펼쳐놓고 서성거린다

풀과 나무는 어둠 속에 자신을 버리며

평범함 속으로 사라져간다

모여든 소들 눈망울에 빛나는 눈물들

일제히 붉은 스크럼을 짠다

아, 새끼들이 팔려간 곳도 서쪽이었다

천지간은 검붉은 연기로 숨 막히는 시간

붉은 것은 붉은 것이다

불타는 것은 불타는 것이다

늪은 시간의 화장장

슬픔의 대작을 완성했으나

누구도 낙관 하나 찍지 않는다

바람은 본래 그러하겠으며

늪도 물도 산도 하늘도 구름도

상주도 문상객도 없는 그림 속이다
겨울새 몇 점 낙관처럼 날아들고
늙은 여자 그림 속에서 걸어나온다

화양연화

목덜미 가득한 눈을 부르르 털며 대관령을 넘어왔다
시속 100킬로미터 자동차에서 가부좌를 풀었을 때 얼어붙은 시퍼런 얼굴
액체도 저렇게 단단할 수 있구나 동해 바다
가까운 곳은 타악기처럼 쿵쾅거리고
먼 곳으로부터 떨려오는 현악기 파도 현 현 현

어깨 위에 칼날 같은 수평선을 걸치고
만만한 포즈로 왔던 적이, 전생이었던가
옛 사진이 박힌 바다를 넘기면
풍경에 매달려 울던 목어는 간 곳을 알 수 없는데
타다 남은 나무 등걸은 검고
먼 설악의 이마는 더욱 희어라

물과 절벽이 서로 귀의하는 곳
귀의하지 못한 발뒤꿈치 같은 홍련암 한 닢
소금 바다에 어찌 연꽃이 솟았을 것이며

돌 위에 꽃이 피었겠는가

당신을 사랑한 적이 없다
당신의 당신을 사랑한 것일 뿐
몸 아래 관음굴 흰 거품 소리 아득하여라
시간이 환승하는 곳
펄럭이는 바다와 무너지는 벼랑을 움켜쥔 채
단추 같은 암자는 붉고 낮달은 희미하다

동해남부선

덜컹대는 기차 소리가 심장 소리와 같아서
너는 기차를 좋아했다
해운대 너머 청사포, 송정 지나 월내 진하
그 이름 붙은 곳마다
초생, 달빛을 담은 바다는 부풀고
기차의 몸이 초승달처럼 둥글게 휘어질 때
별처럼 아름다운 사랑이여, 를 불렀던가
함께 가자 우리 이 길을, 을 불렀던가

어디로 가는지 어디에 닿을지 묻지 않았고
원시의 고래, 설원을 만나지 못해도 좋았다
검은 산과 푸른 바다 사이, 흰 파도와 검은 숲 사이
경계를 달리는 몇 줄기 시간들일 뿐

가슴 위에 레일이 있기 때문에 아픈 것이라고
너는 말했다
깔려 있으므로 덜컥, 걸리고 아픈 것이다
여전히 어느 역에서 서성대고 있을 젊은 연인들은

아직 만나지 못하고 닿지도 못했는데
더 이상 기차가 다니지 않는 곳
동해남부선 폐선로에서
녹슬어가는 몇 줄기 시간을 걸어간다

먼 옛날 레일 위에 덜컹거리며 심장을 올려놓고
옛 이름을 불러보아도 다시는 아프지 않아,
아프다고 너는 말했다

멀리서 기차가 떠나는지 레일이 희미하게 운다

위성

우리가 우주를 유영할 때 탯줄의 길이는 모든 것의 길이
아무리 멀리 떠돌아도 우리는 우주의 배꼽을 벗어날 수 없듯
단 한 번 쏘아올린 시간은 팽팽한 거리 빛나는 자장

우리가 사랑에 빠졌을 때 모든 것은 당신을 중심으로 돌지
해가 지고 별이 뜨고 꽃 피고 지고 운행이라는 것 운명이라는 것
달의 뒤편이 죽을힘을 다해 당기듯 누구나 누구의 별이었다고
누구나 누구의 궤도를 도는 것이라고 서로 바라보며 말해주겠지

만나는 순간 돌변해버릴 얼굴을 하고서 우리는 무엇을 위해 돌고 있는지
서로를 당기며 서로를 밀어내며 만난 적이 없기에 항상 거리는 이별
헤어진 적이 없기에 항상 하나의 궤도

가장 가깝고도 가장 먼 수억만 개 별 부스러기 가운데 하나

만나는 순간 폭발하고 말지 물이 추위를 만나 얼어붙듯
꽃이 봄을 만나 터지듯 당신은 우주적인 만남이라고 말하겠지만 나는
빛나는 파멸, 소멸이라고 대답할 거야
가장 멀고도 가장 가까운 거리에 빛나는 별

피지 않은 그 꽃

아직 피지 않은 꽃
몇천만 년 만에 처음 만난 그 꽃
피지 않아 이름 알 수 없는 꽃
미리 알 수 있는 것은 아무것도 없지
지나봐야 알 수 있는 것 때문에
내일이면 필까 간절함이 피울까
다시 확인하러 갈까 말까
피어 있을 시간은 짧고 기다리기에는 먼데
하필 산꼭대기 날카로운 바위틈
그 꽃이면 어떻고 아니면 어떤가
내년에 다시 만나러 가면 되지
못 만나면 어떤가 못 만나는 것
그리움의 연장전만이 서로가 아름다워지는 것

때가 되면 피어나 너의 길을 건너가시라
먼 거리 무관심이 꽃을 피우리
피지 않은 한 송이 꽃
소문으로만 소곤대는 그 꽃일까

너는 이곳에 있을 수가 없는데

운무가 휘감은 봉우리의 끝

인간이란 범접할 수 없는 고산지대

모두가 잃어버린 비밀의 칼 끝에 핀다는

전설 같은 꽃

아무것도 아닐 수도 있고 모든 것일 수도 있는

피지 않은 꽃 피어날 그 꽃 때문에

골짜기에서 놀다

어린 노루가 다리 부러져 죽은 곳이다
바람이 허리 꺾여 파묻힌 곳이다
황금 술잔 위에 노란 피가 가득하다
복수꽃은 시들어가고 변산바람꽃은 피어난다
복수는 늙어가는 시간을 바람에게 준다
정신은 차가운 북사면을 사랑하지만
찰나의 햇살에 덴 때를 잊지 못한다
도망가는 노루가 툭 고개를 던지고
한참 동안 이쪽을 멍청히 바라본다
그 사이에 방향 없는 바람이 차다
노루야 노루야 바람아 바람아
꽃잎은 움찔하며 시간을 뒤로 밀어낸다
봄볕은 짧고도 짧아 바로 눈앞에서
나무 그림자를 옮기며 사라진다
꽃잎에 흐르는 시간이 보인다
꽃은 최전선에 선 깃발처럼 선명하고 위태하다
참호를 밟고 일어서는 보랏빛 발목들
저 꽃은 지금이 제일 어리고 제일 늙었다

가장 어린 시간이면서 가장 늙은 시간이다
만남에는 지금 이전도 지금 이후도 없다
다음에 또 만나요 다짐은 원래 없는 것
오고 가는 바람의 고요만이 있을 뿐
아무런 말로 아무런 방향도 없는데
죽다 피다 노랗다 희다 사랑한다 이름한다
이름에 덜컥덜컥 걸려 피고 진다
골짜기는 스스로 빛나는 것들로 아득하다

소사나무

소사나무의 사소함이 바위를 깬다
씨앗 한 알 바람 따라 돌 위에 앉아
뿌리는 햇빛을 보면 죽는 법
어둠만이 어둠의 깊이만이
도달해야 할 최후이자 처음이다
석공이 돌의 결을 찾듯 틈을 찾아
못을 박는다 망치질한다
뿌리골무의 부드러운 망치질 소리
계곡에 쩡쩡하다
뿌리는 뿌리를 이끌고 전진한다
하늘로 폭발하는 이파리의 힘으로
뿌리는 돌 속으로 파고든다
어느 날이었다
천둥도 비바람도 번개도 없는 그날
뿌리가 허공에서 파르르
떨고 있는 것을 아무도 보지 못했다
자신이 무슨 일을 저질렀는지도 모른다
소사나무 가문은 삼사 대를 비 맞고 서서

물방울이 바위를 뚫는다는 말을 모른다

그 흔한 말도 모르면서 바위를 뚫고 가른다

산정에 살면서 우공이산도 모른다

그 말도 모르면서 능선을 무너뜨리고 산을 옮긴다

바위를 쪼개고 무너뜨려 흙으로 만들면서도

자기가 한 일인 줄도 모른다

소사나무는 씨앗 한 알을 바위에 심고 있다

시간을 심고 있다

의령 세곡리 은행나무 할매

의령에 가면 몇백 년 묵은 나무는 명함도 못 내민답니다
백곡리에는 우리나라 최고령 감나무 어른이 사는데 사백 오십 살인가
성황리에는 소나무 어른 한 삼백 년 푸르고요
세간리 느티나무는 임진란 때 북을 매달고
군사를 불러 모았다고 현고수라 부르는데 육백 살
또 근처에 육백 살 은행나무 어른 살지요
모두 천연기념물 됐으니 천수를 누리겠지요
은행나무는 음양의 몸이 따로 여서 세간리 은행은 할매지요
그런데 주변에는 할배나무는 없고 새파란 총각밖에 없어요
인간의 셈법으로 키득거릴 필요는 없어요
시간은 은행알보다 작을 수도 있지요
예닐곱 명이 손잡아야 안아볼 수 있고
해마다 열두 말 은행알과 열두 섬 이파리를 품고
지팡이 십여 개 짚고 서 있는 품이 장엄하지요
장엄은 이럴 때 쓰라고 하는 갑다야
세간의 입들은 허허하게 벌린 채
어떤 이는 백 보 앞에서 멈춰 서서 보기도 하고

어떤 이는 오십 보 물러서서 보기도 하지요

혹 바람이라도 불라치면 쏴아 노란 파도 치다가

노란 비가 우두두둑 지상을 물들입니다

그렇다고 은행나무 앞에서 기죽지는 마시고요

우리가 찾지 않는다면 할매도 무슨 재미 있겠습니까

나무 나무

분재한다고 어린 나무를 많이 비틀었다
무른 철사 줄로 칭칭 감아서
정일품송으로 만들어보고
금강산 천년송으로 꾸며보면서
혹시나 멋진 작품이 되길 기대하면서
집 떠나는 사정을 말하지 못한 채
나무를 버리고 세상을 주유했다
육십에 고향에 돌아왔을 때
나무는 자라 밭을 덮고
쓸모없이 그늘만 키웠다
나무를 베고 도끼질을 해도
어릴 때 비틀었던 옹이에는
도끼날이 들어가지 않고
전기톱은 헛바퀴를 돌고
아궁이에 넣어도 타지 않는다
자랄수록 나무의 몸은 덩치를 키웠으니
어릴 때 상처일수록 깊고 단단하다
진주알처럼 웅크리고 있는 어린것에게
따뜻한 술 한 잔 뿌려주었다

모래실 마을

모래가 좋아라 이름도 모래실이다
모래로 실을 엮은 모래실 마을
모래에서 자란 아이들은 모래알처럼 흩어져갔지만
손가락 사이를 빠져나가던 감촉은 살아 있다
발바닥을 적시던 차갑고 따뜻한 모래밭
발목을 간지럽히던 키 작은 물결
나란히 또 혼자서 바라보던 붉은 저녁
만에 물이 들면 파도는
당신처럼 노을을 타고 왔다
도요새는 종종거리고 숭어는 뛰고
열렬히 한 철 피었다 금방 사라진 해당화처럼
재재거리다 재재 숨어버리는 콩게처럼
지나간 것은 돌아오지 않겠지만
엽낭게들이 쉼없이 토해내는 모래 구슬처럼
모든 것은 모래처럼 연결되어 있다
모래와 물새와 파도와 함께 말없는
모래의 설교를 듣는다

단풍

다가가자 기다렸다는 듯
계곡 속으로 단풍단풍 뛰어든다
뛰어드는데 소리는 오간 데 없다
붉고 붉고 붉은 데칼코마니
마주 보고 뜨거운 몸을 식히고 있다
물과 산과 하늘이 서로 붙었는데
서로가 멀다
바람 따라 허른거리기도 하고 출렁거리기도 하면서
붉은 물은 자꾸만 흘러가도 단풍은 그대로이며
시간은 흘러도 당신은 그대로이다
누군가 와서 바라볼 때까지 붉게 기다릴 줄 안다
나무에서 나무로 저 혼자서 옮겨 타다가
누군가 바라볼 때 풍덩풍덩 뛰어든다
뛰어드는데 소리는 오간 데 없고
누구라도 와서 바라볼 때만이 단풍 든다

바람

바람은 지나가는 아무나 붙잡고 엉엉 울고 싶어졌다 이유 없이 시비를 건다 재수 없게 오리나무가 걸려들었다 느티나무가 걸려들었다 떡갈나무가 걸려들었다 절집 풍경이 걸려들었다 염불이 걸려들었다 때죽나무 머리채가 붙잡혔다 새하얀 꽃송이를 다 털고도 미안한 기색이 없다 푸른 시간이 낚아채였다 검은 새를 토해냈다 그 사이로 풍경과 염불이 흘렀다 풍경은 더럽게 재수 없이 그곳에 있었을 뿐이다 아무나 붙잡고 풀풀 운다 뺨을 후려친다 강아지 핥듯 어른다 솜사탕 아끼듯 살살 돈다 발목을 잡고 허걱허걱 씹어 먹는다 토사곽란이 푸르다 등을 두드린다 허리 꺾어 곡을 한다 희로애락을 퍼붓는다 깃발을 날린다 편지를 찢는다 나무를 버린다 다시 붙잡는다 수만 가지로도 수억 이파리로도 잡지 못한다 나무는 쇳소리를 낸다 돌 부딪치는 소리를 낸다 강물 소리를 낸다 파도 소리를 낸다 이파리를 허옇게 뒤집는다 푸른 귀가 강물에 떠 간다 귀를 뜯어 따라 보낸다

연어 우표가 붙은 엽서

지난여름 북국에서 보낸 엽서가 가을에서야 도착했다

보낸 사람은 보낸 것을 잊었고
받을 사람은 받을 것을 잊은 채
낙엽 지듯 한 계절이 지나갔다
어느 대륙과 어느 바다를 떠돌다가
주소를 잊고 골목을 잊고 자신마저 잊었을 때
기다림이 끝났을 때 기다림은 온다
전속력으로 기다리는 붉은 우체통 때문에 엽서는 온다
우표에 찍힌 푸른 소인, 강물 한 가닥을 물고
연어는 엽서 위에서 헤엄을 쳤을 것이다
오래된 언어와 시간에 긁히며
하구를 어슬렁거리거나 폭포 앞에서 웅얼대다가
더욱 야위어진 몸으로 왔다
발신은 되었으나 수신되지 않은 동안
발신자도 수신자도 모르는 사이를
거슬러 오르는 엽서 한 장의 연어

아직도 어느 우체국 창가에 긴 그림자로 서서
붉은 혀로 우표를 붙이는 사람이 있어서

눈 내리는 겨울에 엽서를 쓰고 봄 날짜를 적어 보낸다

제3부

신과 가장 가까워질 때

땀 닦은 수건에서 푸른 물이 나온다
이곳이 당신이라는 강의 발원지인지도 모른다
이마를 훔치면 서글서글한 소금알들
바위너설 계곡 십 리를 거슬러 왔다

날숨과 들숨 사이에서만 오직 나는 존재할 뿐
내 몸은 아무것도 아닐 때가 온다 그런 때
돌부리가 발꿈치를 살짝 밀어주기도 하고
바람과 하늘이 몸을 땡겨주기도 한다

수압에 맞서 하천을 오르는 물고기처럼
기압골 사이에 역풍을 타는 새의 몸처럼
중력에 맞선 오직 두 발바닥
직립의 몸뚱이 하나가 나의 전부일 때

더 이상 올라갈 곳이 없는 높이에서
그리움도 고통도 다 아득한 능선인데
하늘과 땅이 맞붙은 곳에 한 줄기 바람
경계를 알리는 표지석 하나 서 있다

한 천년이라는 말

한 천년 전에 왔던 것 같아요
지나가는 말이 희미하게 빛났다

늙은 석등을 지나온 이후였던가
무너진 돌들이 얼기설기 기대고 선
석탑을 돌아왔기 때문일까
화엄사 대웅전을 지나 구층암 가는 길
시릿대 숲길에서였다

누군가 흘린 바람결에 바람 같던 말
한 천년 전이라는 말
가물고 가문 날 일생에
단 한 번 핀다는 대나무꽃 피고
꿈속 같은 안개가 무릎을 적실 때

함께 걷는 마지막 길일지 모르겠지요
새벽안개처럼 그 말이 피어났지만
한 천년 후에 다시 이 길을 걸을까요

안개는 푸른 숲 속으로 스며들었다

만난 적도 없으나 낯익고
헤어진 적도 없지만 낯선 시간 위를
우리는 어쩌다 걷고 있는지

지리산

어디 하나 밑줄 그을 곳이 없었다
오래토록 그려오던 옛사랑의 편지처럼

능선은 솟아오르는 것들을 누르고
밖으로 잔물결 하나 내보내지 않았다
그것이 사랑인 줄 안다는 듯

저녁 산은 어깨에 붉은 화살을 맞고
뼈 긁는 소리 하늘에 자욱자욱 토해냈다

해와 달이 묵화를 그리듯
사랑도 닳는다, 닳아버려서
어디 하나 밑줄 그을 곳이 없어졌다

빈 하늘에 기댄 고사목 하나
제 몸을 새와 짐승의 먹이로 주고
입적했다 지리산 어디였다

시월

자기를 반성할 줄 알아야 사랑은
사랑이라 할 수 있지 종교는
종교라 할 수 있지
귀뚜라미 목이 쉬어
소리를 버리고 이슬 되는 동안
푸른 멍이 붉은 멍으로 바뀌는 동안
누구나 간혹
사상 최고의 시를 썼는데
깨어보니 기억나지 않는 백지처럼
잠깐 왔다 가는 것
더 이상 기다려도 오지 않는 것, 오지 않을 것
다시 오지 않아야 아름다운 것
너무나 짧아서 기나긴 윤슬

어둑

백로 한 마리가 어둑한 저녁에 서서
지상의 마지막 빛을
온몸에 집중시키고 있다
몸은 오직 빛일 뿐
더 이상 몸이 아닌 때가 온다

흰 몸을 강물에 퐁당 던져보는데
소리 한 점 들리지 않는 고요가 고요하다
한 획의 흰 붓자국을 위해
강물에 검은 저녁이 내린다

깊어진다는 것은 색도 소리도 없어진다는 것
아무것도 아니라는 것
흐르는 강물에 흰 별들이
퐁당퐁당 뛰어드는데 소리 한 점 없다

11월

11자로 벗어둔 신발 속에

은행잎이 수북하다

저도 어디로 떠나고 싶은 것일까

이미 떠나왔는데 또 어디로 가자는지

이빨 없는 것들의 최후가 눈부시어서

차마 신발을 신을 수 없었다

미안하다

고맙다

황망한 날들아

이미 우리는 더 이상 갈 곳이 없다는 것을 안다

지리산 대원사

능선 아래 혈혈 까치밥 몇 알
겨울은 한복판인데
인주로 찍은 옛 언약 같은 것이
새파란 하늘에 박혀서 떨고 있다
장례식이 아직 끝나지 않은 싱싱한 육체 우로
다시 눈 내리고 다시 바람 불고
빛나는 부리여 뜨거운 혀는
내 몸을 찢을 새 떼는
어느 골짜기에서 서성대고 있는가
사태져 내리던 젊은 날의 별밭
옛사랑이 피 흘리며 쓰러지는 곳
산 첩첩 물 굽굽 지리산 대원사에 와서
봄날의 물오름 여름날 소낙비
가을의 결기 겨울의 풍장
스스로 무너져라, 봄이 오기 전에

긴 밤

눈 뜨면 젖을 물리고
뜨지 않으면 술을 뿌리리라
포대기에 싼 아이를 아랫목에 밀쳐놓았다
겨우내 식구 양식인 고구마 푸대는
잠시 자리를 비켜주었다
울지 않는 아이 대신에
뒤란 시릿대는 잉잉 밤새 울어대고
우주에서 가장 긴 밤이 흘렀다
장독대 정화수 물결 위에서
초승달이 깡깡 얼어 터질 때
마굿간 늙은 소는 되새김질하다 간간이
쿵쿵 뿔질을 했다
시간을 무엇으로 대신하겠는가
백발 어머니 곁에서 생의 첫날 오늘
소인이 찍힌 편지를 읽는다
너의 겨울은 더욱 추워야 한다

눈 내리는 날

전생에 내린 눈은 또
어느 하늘 아래 내려 쌓이고 있겠지요
어린 날 던진 눈덩이는
닿을 곳을 향해 여전히 날아가고
지난날 굴렸던 눈사람은
어느 거리를 걸어가고 있겠지요
눈싸움하던 아이들 웃음소리는
잘 익거나 잘 늙어서
몇은 흰 무덤 속에서 킬킬대거나
흰 산길 넘어가면서 뒤돌아보겠지요
솜사탕처럼 녹아 없어질 눈사람 위에
담벼락이나 공책, 몸이나 마음밭
바닷가 모래밭 그 어디에 새긴 이름들
흩날리면서 펄럭이면서 쓰러지면서
아름다웠던 사람들의 이마 위에 내리는 눈
우리 잠깐이나마 함께했다는 것
우주 최고의 기쁨이었다고 말해요

함께 있는 것만으로도 평화와 구원 같은 시간이었다고

나뭇가지에서 몸서리치는

가장 어리고 가장 늙은 눈, 눈 내리는 날

잘 가라, 시여

낙엽은 뿌리로 돌아가고
열매는 새로운 땅에 떨어진다
붉은 이파리 다 떨구고 서 있는 감나무
제 발을 비추며 전등 같은 감을 달고
불꽃놀이처럼 펑펑 터지는데
적절히 낡아서 가슴에서 묽어지는 것
세상을 찌르는 운명을 벼르며
시라는 단도를 품고
보이지 않는 것에 닿으려 했으나
시는 짧아 자신을 찌를 뿐

산은 높고 해는 짧고 저녁노을 낭자하다
먼 곳 격정을 누른 수평선 한 줄기
바다는 여덟 물 밀물이 지자
섬은 높아지며 어깨를 드러낸다
섬에도 어깨가 있다는 것을
너는 떠나가면서 가르쳐주었다
내 안에 고여 있던 물렁한 것들이

쓸려 가서는 돌아오지 않는데

사람주나무는 붉은 귀를 달고
산 입구에 귀신처럼 지키고 서서
오직 수천 개의 귀로
바람의 말에 귀 기울일 뿐
아무것도 할 수 없어 얼마나 다행이란 말인가
잘 가라, 시여

외눈박이 새

바다는 자신을 베기 위해
날마다 수평선을 예리하게 벼린다
먼 바다만 바라보다 눈이 멀어버린 절벽
풍란처럼 외로움의 끝에서
미안해요 그동안 고마웠어요
느닷없이 날아온 문자 한 줄
수평선처럼 세상을 단도직입으로 잘라 갔다
타지 않는 불꽃 몇 점 유언으로 남기고

검은 바다 망망 하늘로 외눈을 펼쳐놓고
부처손처럼 석화되기를 죽어라 기다렸다
수억 년 전 이미 사라진 별들의 잔해가
다시 수억 년 후 눈동자에 빛날 때
오래된 시간을 본 것일까
찰나도 없고 영원도 없고 빛만 남는
그 시간의 끝에 닿고 싶어서일까
자신이 만든 시간 속으로 스스로 날아갔다

푸른 하늘에 별들이 돋아날 때

그 먼 곳에서 이쪽을 보고 있을 것 같아
외눈박이 새의 빛나는 눈으로
이쪽을 건너다보고 있을 것 같아서
오늘도 바다는 수평선을 더욱 벼리고
해와 달과 별들은 운행하고 있는지 몰라
서로 반대편에서 서성대며
혹시 같은 시간 위를 걷고 있는지 몰라

* 서성원 사진작가에게.

호래기

화살촉 같은 머리를 바다에 처박으며
속으로 멍을 꼭꼭 채웠을 것이다
아무런 죄도 없이 온몸에 먹을 박고
지난밤 바다를 다 마셨는지
삼킬 수 없는 것들을 삼켰는지
손가락만 한 몸에 가득 찬 먹물
푸른 바다가 새까만 물로 변하는 동안
바다에는 무슨 사연이 있었을까
바다로 간 사람들이 돌아오지 않는 밤
부릇머리 새벽 호래기가 먹물을 토한다
방향도 없이 누구에게도 닿지 못하면서
제 몸에서 나온 것으로 제 몸에 뿌린다
손이라고 해야 할지 발이라고 해야 할지
마치 식물들의 뿌리 같은
바다를 움켜잡았을 촉수
어느 깊이에서 너는 억센 바다의 손을
마침내 다 떼어놓았을 것이다
마지막 숨을 다 토해내고도

더 토해낼 무엇이 있다고

호래기는 새벽 항구에서 먹물을 토한다

온몸으로 검은 바다를 토해낸다

등이 뜨겁다

아궁이 불을 넣는다 옛집에 와서
앞쪽은 따뜻하다가 뜨거워지는데
뒤쪽은 서늘하고 차갑다
한 뼘 몸의 두께를 쓸어본다
폼은 안 나지만 엉거주춤, 등을
고기 굽듯 한 번씩 불 쪽으로 돌려주어야 한다

지금 이 순간 앞과 뒤는 가장 먼 거리다
지나간 시간들이 화끈하기도 하고
한 줄기 불빛처럼 흐른거리기도 한다
이런 날은 누군가 등 뒤에서 보고 있다, 서늘한 것이
되돌아볼 엄두가 나지 않거나
되돌아보지 말아야 할 때가 있다
등을 돌리자 붙어 있던 것들이 잽싸게 사라진다

산철쭉 꽃망울이 이빨을 꽉 물고
덜덜 떨고 있는 새벽
젊은 누군가 남몰래

불을 넣고 다녀가셨나 보다

등이 뜨거워진다

방에는 또한 어린것들과 지어미가

등을 대고 곤히 자고 있다

겨울

동무들아

냇고랑 꽁꽁 얼었는데

다 어디로 갔노?

썰매 타로 오이라

해 지기 전에

얼음 다 녹기 전에

간 밤에 백로가 얼어 죽었단다

옷 단디 입고

빵모자 쓰고

벙어리장갑 끼고 오이라

터진 손등에 피 찔끔찔끔 나던

코찔찔이 동무들아

어디서 머 하노?

해 지기 전에

얼음 다 녹기 전에

썰매 타로 오이라

경상도 사내

막사 벽에 맨손을 갖다 대면
순간접착제처럼 손이 쩍 붙어버리는 겨울밤이었다
이등병 하고도 마침 생일이었던가

"아부지요"

"ㅇ허~"

전화기 너머 '어'도 아니고 '허'도 아닌 말
갱상도 사내들 사이에 그런 말이 있다

"벨일 없제…… 빨리 끊어라"

"야아, 날 칩은데 몸 조심하이소"

숙취의 아침 거울을 보는데 헉,
아부지가 거울 속에서 이쪽을 쳐다보고 있다

"무덤 속은 안 춥어예…… 여기는 다 잘 있습니다"

구조라 해수욕장

흰 허벅지를 모래밭에 펼쳐놓았다
흰 가슴은 봄바람에 펄럭거린다
아름다운 마리의 고향은 스칸디나비아 반도
겨울은 해가 뜨지 않고
여름이면 해가 지지 않는 백야의 나라
바다에서 방금 건져 올린 푸른 눈동자
흰 몸은 모래알로 반짝거리고
제가 보이나요 보이지 않나요
남유럽 같은 태양을 따라
빙하 같은 흰 몸 녹아 없어진 자리
갯메꽃 연분분 연분분 피어나면
구조라는 마침 열이레 달빛 아래
오늘 밤은 청야에 들 것이다

제4부

소년이 핀다

극렬분자 총기 소지자
5월 최후의 도청에서 살아남은 자
맨 등짝에 쓰인 붉은 글씨 말고는

쏠 줄도 모르고 쏘지도 못한
소년들의 눈동자와 푸른 시체와
장전되지 않은 녹슨 총구에 말고는

어디에도 꽃은 피지 마시라 어디에도
핀 꽃이라면 빨리 져라 오늘만큼은
소년의 무덤에 꽃이 핀다
소년이 온다*

* 한강의 소설 제목.

아무도 미워하지 않는 자의 죽음

아무도 미워하지 않는 자의 죽음*과 재회했다

보수동 헌책방 골목이었다

책은 1987년 5월 18일 생

붉은 밑줄과 검은 밑줄이 그어져 있다

밑줄은 스타카토 같고 파도치는 것 같고 칼자국 같다

물 자국이 여기저기 둥글게 말라 있다

밑줄 위에 눈으로 다시 밑줄을 긋는다

해류를 따라 돌아다니던 밑줄들

낡은 항구 골방에서 몸을 말리다 들켰다

출항지는 잊혀지거나 희미해졌다

헌 몸 위에 헌 몸을 올려놓자 편안한 밑줄

모두를 미워했다 모두가 미워하더라도

우리 그때 죽어도 좋았다

죽어도 좋았다는 메모처럼

쿵쾅거리며 흔들리며 건너온 요절의 바다

책은 늙었으나 여전히 싱싱한 죽음, 아미자

헌책방 문을 열고 따라 나온다

* 나치에 맞선 독일 뮌헨 대학생들의 비밀 조직 '백장미'의 활동을 담은 실화 소설. '아미자'로 줄여 불렀다.

6월을 수배합니다

6월의 아스팔트를 사내는 달린다
흑백의 태극기를 배경으로 방금
깃발 속에서 튀어나온 반라의 사내
최루탄 가루가 방역 가스처럼 터지는 거리
마스크도 없이 사내는 달린다
환희와 고통이 창궐한 깊은 얼굴
새까만 장발을 갈기처럼 휘날리며
결승점을 막 통과하는 육상 선수처럼 팽팽한 근육
역사의 한 페이지가 달린다
플라타너스는 흑백으로 불타고
피 묻은 보도블럭 조각들은 어디에서 뒹구나
잃어버린 신발들은 어디에서 헤매고 있나
불타는 화염병 붉은 피는 흑백으로 멀어져가는데
사내는 달린다 뜨거운 아스팔트 위로
30년째 달리고 있다

어젯밤에는 사내가 외치는 소리를 들었다
하늘 향해 두 팔을 벌린 채 깊고 낮은 신음 소리
엘리 엘리 라마 사박다니

아버지여 아버지여 어찌하여 나를 버리시나이까
사내의 검은 옆구리에 손을 찔러보니
흰 피와 검은 피가 뒤엉켜 강물져 간다
부러진 갈비뼈들이 몸을 뚫고 나와
아스팔트 바닥에 하얗게 탱탱 나뒹군다
흑백의 불꽃이 소름처럼 빛나고
사진 속의 사내가 정면으로 덮쳐온다
나는 또 불타는 사내를 총알 뚫린 사내를 보았다
아들을 잃은 어머니들의 울부짖는 소리를 들었다

사내를 아는 사람은 아무도 없다
30년간 수배에도 찾지 못했다
87년 6월 어느날 부산 범내골 6차선 도로에서
사회부 기자의 사진기 속으로 전광석화처럼 달려든 사내
사상 공단 신발 공장이나 부산 부두 하역 노동자
혹은 손가락 몇 개 없는 노숙자일지도 모른다
최후의 일격 찰나의 정지 화면 속에서
사내는 다 이룬 것일까 그의 생을
주인공이 되었으나 바람처럼 사라진 사내

혁명에 성공하고도 머물지 않고 또 다른
혁명을 위해 밀림으로 떠나버린 아르헨티나 사내처럼
실패한 혁명의 뒷골목을 달리고 있는 것일까
아는 사람도 없고 모르는 사람도 없는
시간 위를 여전히 달리고 있는 사내

오래 보면 서로 닮아간다 어느 때는
광대뼈가 튀어나온 너로 보이기도 하고
어느 때는 굵은 목울대 당신으로 보이기도 한다
쓰러진 자의 무덤에서 벌떡 일어나
어느 때는 울부짖는 검은 입의 유령 같다
부활하지 못한 사내, 사진 제목은 아! 나의 조국
해마다 6월이면 펄럭이는 태극기를 뚫고
최전선을 맨몸으로 돌파하며 또 달린다
어디에도 없으면서 어디에도 있는 사내
불타버린 노래 붉은 피는 흑백으로 멀어져가는데
30년 동안 달리고 있는 사내를 수배한다
6월을 수배한다 당신을 수배한다

올라간다

2만 볼트 송전탑에 노동자가 올라간다

지상 100미터 아파트 굴뚝에 사람이 올라간다

한강대교 꼭대기에 광안대교 비탈에

미끄러지며 청춘이 올라간다

더 내려갈 곳 없는 사람들이 올라간다

하느님이 내려오지 않으시니

사람들이 올라간다

눈송이는 자꾸자꾸 내려온다

포로수용소에서 보내는 편지

동무는 어디로 가겠소 중립국
중립국도 자본주의요 어쩌자는 거요 중립국
선생은 어디로 가겠소 중립국
대한민국에는 자유가 있소 중립국
캄캄한 망망대해에서 '광장'의 '명준'은 바다의 깊이에 투신했지만
오늘 캄캄한 사람들은 비무장지대로 가자
오늘 외로운 사람들은 비무장지대로 가자
비무장지대에서 발목 잘린 노루의 눈망울을 보며
비무장지대에서 쉬리의 차가운 몸에 입을 맞추자
비무장지대에서 붉은 흙 가슴에 몸을 누이자
평화는 아무리 더러워도 평화 자존심 무너져도 평화
전쟁은 아무리 포장하더라도 더러운 전쟁
전쟁은 최후의 수단도 자존심도 아니다
전쟁은 그 어떤 이름으로도 개뼉다구다
동무들, 전쟁을 부추기는 자는 인민의 적이다
친구들, 전쟁을 부추기는 자는 민중의 적이다
인류와 생명의 적이다

저들에게 전쟁은 경제성장의 도구이다
저들에게 전쟁은 가장 큰 돈벌이 시장이다
저들에게 전쟁은 권력 유지의 확성기다
전쟁에 반대하는 것이 가장 큰 선이다
그러므로 비무장지대로 가자
맨몸으로 서서 눈부신 맨몸으로 서서
북에서 오는 포탄을 맞자
남에서 오는 포탄을 맞자
가슴에 맞고 이마에 맞고 발목에 맞아 피 흘리며 쓰러지자
오늘 전쟁 반대 샌드위치맨이 되어 피 흘리며 쓰러지자
동무는 어디로 가겠소 비무장지대
선생은 어디로 가겠소 비무장지대
해방은 됐으나 조국을 잃어버린 젊은 독립군을 위하여
해방은 됐으나 모국어를 잃어버린 젊은 시인을 위하여
캄캄하고 외로운 사람들아
고향이 비무장지대인 최후의 사람들아

어느 날 병원을 나오며

내 정신을 조각한 시간들은 배신당했다
건강검진을 받으며 나는 내 피를 정면으로 응시하지 못한다
개도 싸울 생각이 있을 때야 서로 노려보는데
늙은 간호사는 혈액 공포증이 있느냐며 그로테스크하게 웃는다
내 몸은 깨끗하고 피는 맑고 문진 의사는 내가 귀찮다
술을 마시지 않고 세상은 토하고 각혈하는 시궁창인데
그러므로 나는 지금 이 역사를 사는 것이 아니다
얼마만큼 비켜서 있다 생활의 이름으로
너무나 유유하고 자적했다 제 한 몸 지키는 것이 이른바 투쟁이었다
생활좌파는 보수의 다른 말이라는 친구의 말은 보수적이다
내시경으로 속을 샅샅이 훑어도 너는 없다
시퍼런 눈을 뜨고 너를 삼켜버리고 말겠다는 그 옛날의 상처도
혁명의 썩은 살점도 없다
깨끗하군요라는 말이 고깃덩어리를 말하는 것임을 나는 희미하게 안다

짐승은 사냥할 때 외부로부터 공격해 내장에서부터 뜯어 먹는다
세균은 내부로부터 스며들어 삭히고 삭혀서 스스로 쓰러지게 만든다
짐승도 세균도 싱싱하지도 삭지도 않은 내장에 대항하여
거짓과 협잡, 획일과 독재에 맞서 싸우라 싸우라고 말하는 너는
어디에 있는 것이냐
위장은 뒤집혀서 산천으로 붉게 타야 정상
폐는 세월호처럼 플랑크톤으로 점령당해야 정상의 정상
안 될 줄을 알면서 행동하는 사람들을 위하여가 아니라
단지 싸우고 있다는 것을 알려주기 위하여가 아니라
아직도 발견되지 않은 내부의 적이
호시탐탐 내 몸을 내 정신을 노리고 있다고 나는 안심 아닌 안심을 한다
평화와 정상을 공격하라 농성하라 망가져라
내 몸이 물들어야 한다 상처는 시작돼야 한다

이빨이 흔들린다

이빨이 흔들린다고 했다
오른쪽 아래 이빨이 빠졌다고 했다
두 번째라고 했다
나이 서른아홉에
복지관에서 해고당한 여자
이빨 앙다물고 침묵 시위하는 여자
데모 1년 만에 너무 날씬해져서
너무 좋다는 여자
지방노동위원회는 부당해고다 결정했다
중앙노동위원회도 부당해고다 결정했다
그러나 복지재단은 법을 안다 법의 이름으로
대법원까지 간다고 한다
— 공기업에서 해고 3년 만에 복직됐으나 이빨 스물두 개가 빠져버린 해고자를 나는 알고 있다
고용주는 한때 노동운동 했던 사람이다
고용주는 한때 시민단체 대표였던 사람이다
음식을 씹다가
세상을 씹다가

자신을 씹다가

빠져버린 이빨

누구에게는 앓던 이고

누구에게는 생니다

여기저기서 이빨이 흔들린다고 한다

여자가 흔들린다

세상이 흔들린다

세상은 꼼짝도 하지 않는다

미안해요 미안합니다

봄비 오신다고 전화가 왔다
파전에 막걸리 마시던 때가 생각나네요
함석 지붕을 두드리던 빗방울 소리가 건너온다
꽃 보러 산에 계곡에서 봄비 만났다
검은 소나무에 등을 기댄 채
캄캄한 빗속에서 비를 피한다
세월호가 올라왔어요
혹시 보고 있나요
그 큰 배 여기저기 구멍에서
바닷물이 줄줄 새어나와요
나는 구멍이 몇 개밖에 없어서
미안해요 미안합니다
전화기를 적시고 귀를 적시고
몸을 적시고 봄이 젖고 있네요
한동안 시를 못 썼어요
시를 잃고 밥맛도 버렸어요
어린 꽃들이 열심히 젖을 빨고 있네요
나는 더 이상 물릴 것이 없어서

미안해요 미안합니다

다시 시를 쓸 수 있을까요

다시 세상은 피어날 수 있을까요

달빛 걷기

당신을 생각하며 매달 보름 달빛을 걷는다
시간은 점점 밀려나고 멀어지면 잊기 쉬워서
새로운 보름달에 기대어 새롭게 잊지 말자
걸음마다 당신을 생각한다
먼 곳에서도 잘 보이도록 달은 높고
깜깜한 마음 높이 등을 내걸고
하느님도 혹시 잊을까 십자가도 불을 켠다
당신은 지금쯤 어느 별로 가고 있을까
어느 행성 어느 성운을 건너고 있을까
외로워 마라
여기 당신을 생각하며 걷는 사람들이 있다
달빛에 무릎이 젖고
달빛에 화상을 입는 날들이다

숨

그날 이후
얼마까지 참을 수 있나
터널에 들어갈 때마다
숨 참는 연습 버릇이 생겼다
얼마까지 참을 수 있나
세수를 하다가도
얼굴을 물속에 처박아본다
코와 입, 귀는 닫고 눈은 뜬다
얼마까지 참을 수 있나
60초도 못 참는 숨인데
몇 년이 흘러도 물속에서
숨을 참고 있는 아이들이 있다
두 눈 부릅뜨고

다시는 바다에 가지 못하리

다시는 바다에 가지 못하리
다시는 바다에 그물을 던지지 못하리
모든 그리운 것은 서쪽
검은 해와 함께 잠겨버렸으니
세상의 모든 시인이여
다시는 서정시를 쓰지 못하리
물 젖은 운동화가 가슴을 밟고 지나가네
소금 절인 휴대폰이 짓무른 눈과 귀를 할퀴네
엄마들의 가슴마다 아이들의 무덤이 솟아나네
아빠들의 가슴마다 물기둥이 자라네
재잘재잘 아이들은 어디로 갔나
검은 바다 뜬눈으로 누워 있지
깔깔대던 아이들을 누가 죽였나
검은 해와 함께 바다는 말이 없네
연분홍 4월은 꽃같이 흩어져가고
연초록 5월은 검은 꽃만 피고 지네
이 땅의 시인들은 다시는 시를 쓰지 못하리
지상의 모든 꽃들은 봉오리째 떨어지네

인당수 심청이라면 연꽃으로나 피어나지
지상의 모든 꽃들이여 검게 피네 노랗게 지네
울지 마라 아이들아 수증기처럼
하늘로도 가지 마라
세세만년 눈물바다 가득하거라
우리 다시는 바다에 가지 못하리
모든 살아 있는 것들은 서쪽
검은 해와 함께 잠겨버렸네

금요일에 돌아오렴

꽃 지는 시간을 꽃잎 두께만큼이라도
세상의 종말을 종말의 속도를
백만 분의 일 천만 분의 일 슬로비디오처럼
늦출 수 있다면 늦출 수만 있다면
비록 희망고문일지라도 고문 기술자가 된다 하여도
시속 삼백 킬로 고속철도 앞 당랑거철
발톱 아니면 껌딱지였으면 한다고
어느 시인이 시인 아닌 시인은
백전백패의 잔을 채우며 운다
울지 않는다
엄마 아빠의 이름으로
내 안에 네가 있다
네 안에 내가 없어도 괜찮아
누구에게나 닿을 수 없는 깊이가 있어
금요일에 돌아오지 않은 아이들아
금요일이 영영 없는 엄마 아빠야

밥 한 그릇

집 밖을 다녀오는 식구를 위해
아랫목에 따뜻한 밥 한 그릇
저녁은 얼마나 따뜻했던가
수학여행 가서 돌아오지 못한 딸아이를 위해
등신불이 되어가는 아버지
성냥 꼬쟁이 반쪼가리보다 작은
청동실잠자리 한 마리를 보았다
뒤돌아서서 허리 꺾어 우는 아버지를 보았다
청동처럼 형형한 눈빛만 살아서
꺼억꺼억 어깨를 빠져나오는 몸
목숨은 뼈를 빠져나와 살을 헤집으며
실핏줄을 태우다 터져 나간다
뜨거운 아이를 낳았지만
찰나에 식어버린 몸 위에
마지막 밥 한 그릇의 단식 공양 앞에
더 이상 용서해줄 사람도
용서해줄 신이란 없다
검은 거리는 거대한 입을 벌리고
벌컥벌컥 햇살을 퍼 마신다

겨울혁명

첫눈 내리는 날 나는 광화문에서
눈송이가 불로 변하는 것을 보았다 세월호 천막 앞에서
몸을 빠져나간 1킬로그램의 눈물이
백만 송이 촛불이 되는 것을 보았다
있는 듯 없는 듯 아무것도 아닌 듯 한 점이 되기 위해
우리는 천 리 길을 건너왔다
백만 송이 중의 하나 한 점이 되기 위해
검은 하늘을 허위허위 흩날리며 왔다
대지에 닿자마자 이내 사라지는 눈송이 몇 점
아무것도 덮지 못했으나 모든 것을 덮는 것을 보았다
첫눈 내리는 날 광화문에서
너는 어디에도 없지만 모든 곳에 있다
가슴에는 화염병이 터졌으나
손에는 작은 촛불 하나 들고
손아귀에는 피 묻은 돌멩이가 꿈틀거리지만
펴보면 꼼지락거리는 어린아이의 손을 잡고
터질 듯한 심장은 불꽃으로 타올랐으나
아무것도 태우지 않을 때 모든 것을 태우는 법을

광화문 네거리에서 우리는 배웠다
밀려왔다 밀려가는 사람들의 파도 위에
검은 하늘에서 하얗게 펴붓는 첫눈
최대의 절망과 최대의 희망이 교차하는 광화문 네거리
촛불은 따뜻하고 둥근 송곳으로
캄캄한 어둠에 구멍을 뚫고 있다
둥근 것이 더 뾰족하고 날카롭고
침묵이 가장 큰 함성일 때가 있다는 것을
가장 작은 것이 가장 큰 것임을 배웠다
겨울 들판에 반딧불 같은 것
신문지 위에 볼펜똥만 한 것
사진 속에 한 점으로 찍히기 위해
우리는 천 년의 어둠을 건너왔다
물 한 방울 한 방울이 바다이듯이 한 점 촛불이 역사다
가장 작지만 가장 큰 한 점
가장 짧지만 가장 긴 촛불의 강
아무것도 태우지 않고 모든 것을 태우는 촛불,
겨울혁명

설악산을 그냥 내버려두라

말 못 하는 짐승이 세상을 구원하리라
말 못 하는 짐승의 말을 전하는 사람들이
입 없는 산의 노래가 자신을 되찾으리라
꽃은 꺾을 수 없는 절벽에서 피고
별을 닿을 수 없는 곳에서 깜박이고
산은 오를 수 없는 곳에 솟아 있네
정상에 올랐다고 생각하는 산은
정상이 아니지 정상에 올랐다면
왜 또 힘들여 다시 오르겠는가
정상은 어디에도 없는 것
절벽에 핀 꽃처럼 어린 왕자의 별처럼
중요한 것은 보이지 않고
진정한 것은 닿을 수 없는 것
그러니 저 산을 오르려고 하지 마시라
산을 그냥 그대로 내버려두라
더 빨리 정복하려고 케이블카 놓지 마시라
오직 두 다리와 심장과 그리움, 함께 잡은 손
걸어 오르는 한 발 한 발 순간순간만이 정상이지
산은 꼭 오르라고 있는 것이 아니지

산은 정복하라고 있는 것은 아니지
설악산에 케이블카를 건설하려면
어린 산양의 동의서를 제출하라
아직 덜 깬 아침 이슬, 새벽안개
그대의 이마를 물들이던 저녁노을
지난날의 무릎과 발목, 깊은 발바닥
아득한 능선에게 가서 동의서를 받아 오라
오색딱따구리의 도장을 딱 받아 오라
단풍이파리 손바닥 빨간 도장을 찍어 오라
공룡능선을 지나는 바람의 의견서를 제출하라
흔들바위의 손도장을 받아 오라
쏟아져 내리던 젊은 날 별밭
내일과 또 내일 오를 어린 사람들 늙은 사람들
말 못 하는 것들의 숨소리와 눈빛
무엇보다 어머니의 산 설악산의 동의서를 받아 오라
어머니의 몸에 케이블카를 박으려면
현빈지문 세상의 뿌리에 쇠말뚝을 박으려면
황금 사슬들아 탐욕의 피라미드야
어머니의 명령이다 설악산을 그냥 내버려두라

부재(不在)하는 것의 문서고

박형준

시는 개인의 사상과 감정을 언어로 표현하는 예술이다. 동시에, 시는 사물과 세계에 대한 세심한 관찰과 이해를 통해, 인간 삶의 본질과 자연의 이치를 깨닫게 하는 사유의 형식이기도 하다. 원종태 시인의 『빗방울 화석』은 명멸하는 것들에 대한 관심으로부터 출발하여, 인간이 감히 궁구하기 어려운 우주의 진리와 이치를 되묻는 데까지 나아가고 있다.

그는 사물과 인간의 현존 가능성을 '부재(不在)의 감각'을 통해 정초하고자 한다. 시인의 이러한 시적 특징을 '소멸의 미학'이라 부를 수 있는데, 여기에는 사물과 대상을 바라보는 시인 특유의 따뜻한 시선이 배어 있다. 풀, 꽃, 나무, 새, 들, 산, 바다, 하늘 등과 같이, 그가 '경배'하고 있는 자연의 양태는 모두 우리의 기억/자리에서 사라져버렸거나, 사라지고 있는 것들이다.

원종태의 시 세계는 '부재의 존재론'이라 명명할 만하다. 허면,

시인이 소멸하는 것(들)에 대해 관심을 기울이는 까닭은 무엇일까? 그것은 어두워진다는 것, 혹은 사라진다는 것이야말로 – "깊어진다는 것은 색도 소리도 없어진다는 것/아무것도 아니라는 것"(「어둑」) – 인간 삶의 유한성과 자연의 무한성을 비교 체험하고 성찰할 수 있는 사유의 계기이기 때문이다.

시인의 새 작품집 『빗방울 화석』에서도, 인간 존재의 한계와 현존 가능성에 대한 물음을 확인할 수 있다. 이러한 시적 탐구 행위는 자아와 세계, 혹은 차안과 피안의 경계를 허물며, 서정시가 추구하는 미적 합일의 경지를 구현한다. 시인은 과장되지 않은 시선과 위트 넘치는 표현으로, 우주의 질서와 존재의 근원을 응시하고 있다. 이러한 시적 경향성은, 첫 시집 『풀꽃 경배』를 가로질러 두 번째 시집으로 고스란히 이어진다.

이는 자아와 세계의 분별이 무화된 동양적 자연상으로 그려지기도 하고("네가 피어서 내가 갔는지/내가 가서 네가 피었는지", 「흰 노루귀」), 낮고 겸허한 자세로 자연의 질서에 따르며 순응하고자 하는 인간의 모습으로 나타나기도 한다. 산과 바다에서만큼은 "나는 아무것도 아니"(「거제 노자산」)며, 시적 화자 역시 이 순간만큼은 어떤 인간적 고뇌나 세속적 책무도 떠맡지 않는다.

원종태 시인의 두 번째 시집 『빗방울 화석』에서는, 인간과 자연의 조화로움이 천연덕스럽게 표현되고 있다. 2부에 수록된 「단풍」이 대표적이다.

다가가자 기다렸다는 듯

계곡 속으로 단풍단풍 뛰어든다
뛰어드는데 소리는 오간 데 없다
붉고 붉고 붉은 데칼코마니
마주 보고 뜨거운 몸을 식히고 있다
물과 산과 하늘이 서로 붙었는데
서로가 멀다
바람 따라 허른거리기도 하고 출렁거리기도 하면서
붉은 물은 자꾸만 흘러가도 단풍은 그대로이며
시간은 흘러도 당신은 그대로이다
누군가 와서 바라볼 때까지 붉게 기다릴 줄 안다
나무에서 나무로 저 혼자서 옮겨 타다가
누군가 바라볼 때 풍덩풍덩 뛰어든다
뛰어드는데 소리는 오간 데 없고
누구라도 와서 바라볼 때만이 단풍 든다

—「단풍」 전문

이 시에서 단풍은 인격화된 자연의 형상으로 그려지며, 자신과 관계하는 모든 대상("물과 산과 하늘")과 늘 새롭게 조우한다. 자연의 품("계곡")으로 회귀하기 위해 소리 없이 낙하("뛰어드는데 소리는 오간 데 없고")하는 "단풍"의 모습은, 인간의 세속적 시간 개념을 가로지르며 영원회귀의 순환적 동일성("붉은 물은 자꾸만 흘러가도 단풍은 그대로")을 구현한다. 이렇듯, 「단풍」은 야단스럽지 않게 자연의 흐름과 질서를 표현하고 있다. 이를 '정태적 역동성'이라 부를 수 있는데, 한국 현대시에서 자연이라는 소재를 다룰 때 종종 발견할 수 있는 특징이다.

주지하다시피, 자연은 정지된 상태가 아니라, 거대한 질서 속에서 운행하며 또 변화한다. 그러므로 자연이라는 것을 '목가적 시선'으로 후경화하는 것은 인간중심적 태도이다. 자연을 인간 문명과 대립적인 것으로 적대시하는 서구 중심적 세계관을 수용할 경우, 자연은 인간의 지배와 변형을 기다리는 수동적이고 정태적인 대상이 될 수밖에 없다. 그러나 원종태 시인은 자연/현상을 바라보는 인간 인식의 한계와 모순을 지적하면서, 자연에 대한 기계적인 묘사나 정경 표현과는 다른 방식으로 세계와 마주할 것을 제안하고 있다. 시인이 「받침 없는 것들」에서 수많은 고유명을 호명하는 것이 그 예이다.

> 모래와 모래와 바다와 파도와 해와 비와 노을이와 칠게와 방게와 달랑게와 엽낭게와 밤게와 집게와 갯게와 아이와 말똥게와 붉은발말똥게와 꽃게와 게고동이와 뿔찌와 잘피와 거머리말이와 애기거머리말이와 도요새와 긴부리도요새와 할미새와 꼬마물떼새와 저어새와 노랑부리저어새와 독수리와 백로와 중대백로와 쇠백로와 왜가리와 해오라기와 아비와 회색머리아비와 큰회색머리아비와 황조롱이와 흰꼬리수리와 수달이와 달수와 달자와 갯메와 찔레와 해당화와 기수갈고둥이와 해마와 복해마와 말미잘이와 해초와 다시마와 미역줄기와 따개비와 바지락이와 말미잘이와 갈매기와 바다와 모래와 모래와 안개와 는개와 비와 비와 파도와 시와 와와와 받침 없는 것들
>
> —「받침 없는 것들」 전문

시적 화자는 '모래'에서부터 '말미잘이와 갈매기'에 이르기까지 -자기 해석과 수사학을 배제한 채-대상 그 자체의 이름(들)만을 기록하고 있다. 흥미로운 것은, 이 시에서 사물의 본질을 "받침 없는 것들"이라고 인식하고 있다는 점이다. '받침'이 없다는 것은 무엇일까? 인간이 별도의 이름을 부여하거나 덧붙이지 않더라도-인간의 자의적 개념화나 과학적 · 학문적 분류와는 무관하게-자연과 사물은 이미 각자의 고유성을 지니고 있다는 것이다. 특히, 자연은 어떤 사물과의 비교나 도움 없이도("받침 없는"), 그 자체로 독립적 존재성을 지니고 있다. 그래서 시인은 자연이나 사물을 "스스로 빛나는 것들"(「골짜기에서 놀다」)이라고 부른다.

하지만 원종태 시인은 자연을 통속적 언어로 예찬하거나, 섣부르게 문명 비판의 반대 급부로 배치하지 않는다. 속류 전원시나 목가시가 자연을 신비화하면서도, 그것을 인간적 시선에 의해 박제하는 것과는 다른 모습이다. 자연은 그 어떤 것이라 하더라도 정체되어 있지 않다. 모래, 바다, 파도, 해, 비, 물, 안개, 그리고 꽃이나 나무에 이르기까지, 모든 사물과 존재는 변화에 변화를 거듭하며 약동한다. 자연은 인위적 보(洑)에 의해 속박되어 갇혀 있는 경우에도 '고요한 움직임'을 만들어낸다. 이를 잘 보여주는 장소시가 있는데, 2부에 수록된 '우포 연작'(「우포늪 편지」「우포늪」)이다.

우포늪에 여름이 절창이에요 한 번 다녀가시지요

초록 카펫을 짜는 늪은 느읖느읖 소리를 내거나
쩌읖쩌읖 소리를 낼 때도 있지요
철커덕 철커덕 할 때도 있는데
대개 소리는 마음이 내기 때문이겠지요
풀들의 뿌리가 서로 내통하는 소리가 맹렬하지요
먼 산에서 온 바람은 제방에 걸터앉아
바디를 쉭쉭 당기기도 하고 북을 왔다 갔다 하고요
지루할 때쯤 물새들이 물을 뾰족하게 파먹기도 하지요

막는다고 될 일이 아니지요
바다로 가는 길이 막히고 또 막히자
어쩔 수 없지 이쯤에서 물의 농성이 시작된 거지요
물들은 곰곰이 속으로 당기는 힘을 배웠어요
1억 년 동안 웅성대면 가시도 연꽃이 되는가 봐요
입속의 입에 가시를 물고 탕진했던 젊은 날
제 몸을 수직으로 찢고 솟아오른 자색, 낭자해요
초경이 막 터진 딸아이 앞에서처럼
갈대숲은 멀찌감치에서 소경처럼 서러워져요

—「우포늪 편지」 부분

우포늪은 경상남도 창녕군에 위치한 천연습지이며, 작가들의 시심(詩心)을 자극하는 장소로도 유명하다. 이 시는 감각적 이미지를 통해 우포늪의 생태 환경과 생명력을 표현하고 있다. 인간이 쌓아놓은 제방에 의해, 바다로 나가는 길이 막혀버렸다는 시적 상황은 매우 유니크하다. 우포늪을 소재로 한 시를 많이 읽었지만—그리고 실제로 가보기도 했지만—이렇게 가슴 철렁한 구

속감("철커덕 철커덕", "막히고 또 막히자")을 느끼기는 처음이다. 통상 '우포'를 몽환적 분위기나 우주적 영성을 담은 공간으로 표현하는 것과는 다른 시각이다. 습지의 질긴 생명력이 바깥으로 흐르지 못한 "물들"의 "속으로 당기는 힘"("물의 농성")에 바탕하고 있다는 인식은, 생명(력)의 시원에 대한 새로운 시차를 제공해준다.

우포의 내성적 울음("느읖느읖", "쩌읖쩌읖")은 비록 눈에 보이지 않지만 자연과의 웅숭깊은 대화("편지")라 할 수 있다. 이는 독자의 마음에 조용한 파문을 만든다. 즉, 「우포늪 편지」는 충만한 내적 울림을 통해 자연의 섭리와 이치를 전파하는 '말 없는 서신'이자 노래("절창")인 셈이다. 원종태는 세계와 자연의 장대한 스케일이 아니라, 자연 속에 숨겨진 생명의 음감(音感)을 감지하는 데 더 집중하고 있다. 그래서 「우포늪」에서도, 자연은 탄생과 소멸의 한계를 초극하는 영원회귀의 장소("둥근 몸")로 묘사된다. 이곳은 "늪도 물도 산도 하늘도 구름도/상주도 문상객도 없는 그림"(「우포늪」)과 같다. '우포', 혹은 '자연'이라는 그림은 정적이면서도 동적이다. "1억 년 동안"의 "웅성"거림이란, 바로 그 고요한 움직임을 나타내는 시적 인식과 표현에 다름 아니다.

『빗방울 화석』의 1, 2, 3부에 수록된 작품들은 이러한 문제 인식을 고르게 보여주고 있다. 특히, 3부의 '산행 시편'(「신과 가장 가까워질 때」「지리산」「지리산 대원사」 등)은, 자아와 세계가 자연이라는 공간 속에서 어떻게 조화와 합일의 가능성을 정초할 수 있을 것인지를 질문하고 있다. 그러나 그것은 종교론적 구원이나 초월이 아니라―「신과 가장 가까워질 때」에서 확인할 수 있듯―범

신론적 차원에서 세계와 교감하고자 할 때 가능해진다. 이는 순환적 시간과 주기적 시간에 대한 이해와 통찰을 요구한다. 시인은 난해하고 철학적인 언술 방식이 아니라 동화적 알레고리를 통해 이를 풀어내고 있다.

지난여름 북국에서 보낸 엽서가 가을에서야 도착했다

보낸 사람은 보낸 것을 잊었고
받을 사람은 받을 것을 잊은 채
낙엽 지듯 한 계절이 지나갔다
어느 대륙과 어느 바다를 떠돌다가
주소를 잊고 골목을 잊고 자신마저 잊었을 때
기다림이 끝났을 때 기다림은 온다
전속력으로 기다리는 붉은 우체통 때문에 엽서는 온다
우표에 찍힌 푸른 소인, 강물 한 가닥을 물고
연어는 엽서 위에서 헤엄을 쳤을 것이다
오래된 언어와 시간에 긁히며
하구를 어슬렁거리거나 폭포 앞에서 웅얼대다가
더욱 야위어진 몸으로 왔다
발신은 되었으나 수신되지 않은 동안
발신자도 수신자도 모르는 사이를
거슬러 오르는 엽서 한 장의 연어
아직도 어느 우체국 창가에 긴 그림자로 서서
붉은 혀로 우표를 붙이는 사람이 있어서

눈 내리는 겨울에 엽서를 쓰고 봄 날짜를 적어 보낸다

—「연어 우표가 붙은 엽서」 전문

「연어 우표가 붙은 엽서」는 천진난만한 발상을 통해 자연의 순환적 이치를 이해하게 한다. 연어는 자연이 보낸 엽서의 "우표"이다. 즉, 연어가 돌아온다는 것은 우주의 질서가 주기적 흐름 속에서 통합되는 현상을 의미한다. "보낸 사람은 보낸 것을 잊었고/받을 사람은 받을 것을 잊은 채" 계절은 순환한다. 자연에 대한 인간의 통제나 개입 여부와 무관하게, 거대한 우주의 흐름 속에서 전개되는 생태적 시간은 영속적이다. 「연어 우표가 붙은 엽서」의 순환적 시퀀스(여름, 가을, 겨울, 봄)는 자연과 사물의 무한한 현존 가능성을 지각하게 한다. 중요한 것은, 원종태 시인이 "우주적인 만남"보다 "빛나는 파멸"과 "소멸"(「위성」)에 더욱 주목하고 있다는 점이다.

인간이 자연을 이해하고 탐구한다는 것은, 시간의 유한성("시간을 심고 있다", 「소사나무」)을 사유하는 실존적 기투행위와 다르지 않다. 인간은 자연의 무한함을 통해 자기 존재의 유한함을 자각하고 성찰한다. 또 자연은 순환적 시간 감각을 통해, 탄생과 소멸, 생명과 죽음의 문제를 새롭게 환기하고, 인간은 이를 바탕으로 소아적 세계 이해를 넘어 우주적 동일성과 위대함에 대한 인식의 폭을 확장한다. 두 번째 시집 『빗방울 화석』과 첫 시집의 변별점은, 자연에서 우주의 질서와 이치만을 탐구하는 것이 아니라, 결국 인간의 시간을 회복하기 위한 질문을 조형한다는 데 있다. 「수국 빈집」은 이를 잘 보여주는 작품이다.

수국은 수국수국 하면서 핀다

장마 중에 햇살이 잠시 잠깐
종소리를 낼 때
수국은 분식회계처럼 헛꽃으로 치장을 하고
늙어가는 것이다
다시 헛것에 모여 춤추는 나비 떼
빨간 우체통에는 풍화된 편지가 만발하다
장맛비는 깨어진 장독을 맹렬하게 낭독한다

수국은 망해버린 숙이의 찻집 이름이다

—「수국 빈집」 전문

이 시가 언어유희로 시작되는 것은—"수국수국 하면서 핀다"—사물에 부여된 이름이 가상적 실체("헛것")이기 때문이다. 이름이 창안하는 화려하고 아름다운 외양("나비 떼"가 모여 "춤추"게 하는 환상의 형상)이란, 결국 "헛것"("헛꽃")에 지나지 않는다. 늙어가는 꽃의 이름인 '수국'과 망해버린 찻집의 이름인 '수국'은, 자연의 질서와 인간의 생사 중에서 명멸하는 "찰나"(「외눈박이 새」)의 한순간일 뿐이다. 물론 이러한 세계 인식은 『풀꽃 경배』에서도 확인할 수 있다. 하지만 첫 시집과 두 번째 시집에는 미묘한 차이가 있다. 『풀꽃 경배』에서는 자연의 이치와 순리를 거스르지 않는 삶의 태도를 보여주고 있다면("더 갈 곳 없으면 주저앉은 채 꽉 죽어버리면 그뿐", 「거처」), 『빗방울 화석』에서는 자연의 질서를 거스르는 일인지 알면서도 "어쩔 수 없"이 인간적 개입이 필요한 순간이 있음을 자각("이 또한 어쩔 수 없는 일이다", 「어쩔 수 없는 일」)하고 있다.

원종태 시인은 자연을 관조(觀照)의 대상으로 삼지 않는다. 그리고 속세의 잡다한 사연을 추억하거나 통속화하지도 않는다. 그의 시는 사라져가는 것들에 대한 애처로운 탄식에 그치지 않고, 자연과 인간의 시간을 함께 아우르고자 한다. 「의령 세곡리 은행나무 할매」에서 보듯—"인간의 셈법으로 키득거릴 필요는 없어요/시간은 은행알보다 작을 수도 있지요"— 고목(古木)으로 표상되는 자연 사물은 인간적 셈법이 필요치 않다. 그러면서도 시인은 자아와 세계의 교감을 통해("우리가 찾지 않는다면 할매도 무슨 재미 있겠습니까"), 자연과 인간의 나이테를 함께 기록해나가는 것이 중요하다고 말한다. 세간리 느티나무에 새겨진 "임진란"의 역사적 내력이 그 증례이다. 인간의 시간("육십")과 "상처"는 자연("나무")을 통해 새롭게 이해되며 성찰될 수 있다. 「겨울」이라는 시에서도 마찬가지이다. 시인은 "동무"들을 그저 순수한 어린아이로 묘사하는 것이 아니라, "어디서 머 하노?"라는 부재와 소멸의 감각 속에서 다시 사유하고 있다. 자연과 인간의 관계가 시 창작의 근원인 셈이다.

이런 관점과 태도는 '이중섭 연작'(「서귀포, 이중섭」「통영, 이중섭」)에서 더 잘 확인할 수 있다. 이들 시는 인간의 예술이 우주의 섭리와 이치를 사유함으로써 "영원"(「서귀포, 이중섭」)의 길에 이르는 과정을 탐색한다. 인간의 유한성과 시간의 한계를 뛰어넘어 무한한 현존 가능성을 개방하는 것이야말로 예술(詩)의 본질이라는 것. 시인은 그것을 제주와 통영에서 만난 '이중섭'에서 발견했다. "찰나는 영원의 다른 이름"이고 "빛나는 별이 죽은 별의 숨결이듯 젊은 화가여/너에게 닿기 위해서는 폭발하듯 폭삭 늙어버릴 수밖에 없다"는 시적 자의식은, 결국 죽음(마모와 소멸)의 유한성을 선구함으로써 인간 삶의 새로운 지평을 열어젖힐 수 있음을 강조하는 것이다. 하지만 원종태 시인은 서정시가 과연 그런 역할을 할 수 있을 것인지에 대해 심각하게 질문하고 있다.

첫 시집『풀꽃 경배』나 두 번째 시집의 1, 2, 3부와는 전혀 다른 작품이『빗방울 화석』의 4부에서 펼쳐지는 것은 그 때문이다. 이것은 가히 충격적이라 할 만하다.

내 정신을 조각한 시간들은 배신당했다
건강검진을 받으며 나는 내 피를 정면으로 응시하지 못한다
개도 싸울 생각이 있을 때야 서로 노려보는데
늙은 간호사는 혈액 공포증이 있느냐며 그로테스크하게 웃는다
내 몸은 깨끗하고 피는 맑고 문진 의사는 내가 귀찮다
술을 마시지 않고 세상은 토하고 각혈하는 시궁창인데
그러므로 나는 지금 이 역사를 사는 것이 아니다
얼마만큼 비켜서 있다 생활의 이름으로
너무나 유유하고 자적했다 제 한 몸 지키는 것이 이른바 투쟁이었다
생활좌파는 보수의 다른 말이라는 친구의 말은 보수적이다
…(중략)…
폐는 세월호처럼 플랑크톤으로 점령당해야 정상의 정상
안 될 줄을 알면서 행동하는 사람들을 위하여가 아니라

단지 싸우고 있다는 것을 알려주기 위하여가 아니라
아직도 발견되지 않은 내부의 적이
호시탐탐 내 몸을 내 정신을 노리고 있다고 나는 안심 아닌 안심을 한다
평화와 정상을 공격하라 농성하라 망가져라
내 몸이 물들어야 한다 상처는 시작돼야 한다

—「어느 날 병원을 나오며」 부분

이 작품은 김수영의 시 「어느 날 고궁을 나오며」를 연상시킨다. 시인은 자신의 시작 활동이 부조리한 권력과 사회적 불평등에 눈을 감는 '소시민적 보신주의'의 산물이라며 통렬히 비판한다. 김수영이 자조적인 어조와 극단적인 자기 비하를 통해 예술가의 사회적 책무를 점검하고 되돌아보고자 했던 것처럼, 원종태 시인은 "건강검진"이라는 알레고리를 통해, 자신의 "유유자적"한 시 쓰기를 반성하고 질책한다. 시가 지배질서의 상징 규범과 언술 방식을 어긋내는 언어예술 행위라고 한다면, '자기 혐오'에 가까운 문학적 자기 성찰은 '시적인 것'을 구성하는 기본 태도라고 할 수 있다. 하지만 정치적 소재를 다루거나, 지배질서의 자동화된 언어 감각에 맞서는 기법 혁신만이 '시적 저항'인 것은 아니다. 그러므로 『풀꽃 경배』나 『빗방울 화석』 1~3부에 해당하는 시작(詩作) 활동이 꼭 자기 안위의 산물이라고 말할 수는 없다.

4부에 수록된 시의 핵심 소재는 1980년 5월의 광주, 반파시스트 저항 '백장미' 활동, 1987년 6월 항쟁, 한국 전쟁과 포로수

용소, 세월호 사건(「어느 날 병원을 나오며」「미안해요 미안합니다」「숨」「다시는 바다에 가지 못하리」「금요일엔 돌아오렴」「밥 한 그릇」「겨울혁명」), 고공농성 투쟁 노동자(「올라간다」), 복지관 부당해고 노동 투쟁(「이빨이 흔들린다」), 촛불혁명(「겨울혁명」), 설악산 국립공원 케이블카 설치 반대(「설악산을 그냥 내버려두라」) 등이다. 다소 급작스럽게 느껴지는 이러한 시적 변화는 어디에서 기인하는 것일까? 그가 시인으로서, 언론인으로서, 그리고 우리 사회의 건강한 구성원으로서 혹독한 자기 비판("너무나 유유하고 자적했다")에 이르게 된 계기는 따로 있다. 어쩌면, 누구나 두려워서 피하고 싶은, 바로 그 사건. 2014년 4월 16일의 세월호가 그것이다.

4부의 많은 작품들은 직간접으로 세월호 사건을 다루고 있다. 시인은 "한동안 시를 못 썼"다며, "다시 시를 쓸 수 있을까요/다시 세상은 피어날 수 있을까요"(「미안해요 미안합니다」)라고 말한다. 너무나도 참담하고 참혹한 대형 참사 앞에, 어떤 말도 어떤 수사도 사용할 수 없는 상태에 처한 것이다. "세상의 모든 시인은/다시는 서정시를 쓰지 못"(「다시는 바다에 가지 못하리」)할 것이라는 인식은 철저한 자기 부정이다. 1~3부와 달리 더 이상 인간 삶의 본질과 우주의 이치를 노래할 수 없게 된 것은 어쩌면 너무나도 당연한 귀결이다. 그러나 『빗방울 화석』의 4부는 자연이나 인간 존재론이 아닌 또 다른 '부재(不在)'에 대한 문서고이기도 하다. 그것은 바로 아이들이 '없다'는 처절한 현실 감각이다. 더불어, "금요일이 영영 없는 엄마 아빠"(「금요일엔 돌아오렴」)의 상실감에 대한 안타까운 연민이다. 시인은 비록 사물과 자연의 소멸에 대해서는 더 이상 노래하지 못하지만, 더욱더 어둡고 아픈 사회적 심연 속으로 걸어들어가 부재의 망각과 싸우고 있는 셈이다.

저 깊고 차가운 맹골수도 속으로 사라져간 아이들을 잊지 않고 기록한다는 것은 너무나도 힘겨운 일이다. 그것은 어쩌면 지금까지의 시적 성취를 모두 포기하는 무모한 결정일 수 있다. 그러나 시인은 "수학여행 가서 돌아오지 못한 딸아이를 위해/등신불이 되어가는 아버지"(「밥 한 그릇」)를 보며, 차마 혼자 자연의 세계로 돌아가지 못한다(「다시는 바다에 가지 못하리」). 시인이 자연이 아닌 현실 세계로 나아갈 수밖에 없는 이유이다. "당신을 생각하며 걷는 사람들이 있다"(「달빛 걷기」)는 것, 이는 인간의 부재를 현존화하는 생(生)의 쟁투인 동시에, 서로의 아픔을 기억하고 보듬는 연대의 말 건넴이다. 그대를 잊지 않는다는 것, 그리고 기억하겠다는 것. 그것만이 우리 모두를 구원할 수 있는 동시대의 시적 과제임을 원종태 시인은 너무나도 잘 알고 있다.

朴炯俊 | 문학평론가 · 부산외국어대학교 교수

푸른사상 시선

1 광장으로 가는 길 | 이은봉 · 맹문재 엮음
2 오두막 황제 | 조재훈
3 첫눈 아침 | 이은봉
4 어쩌다가 도둑이 되었나요 | 이봉형
5 귀뚜라미 생포 작전 | 정원도
6 파랑도에 빠지다 | 심인숙
7 지붕의 등뼈 | 박승민
8 살찐 슬픔으로 돌아다니다 | 송유미
9 나를 두고 왔다 | 신승우
10 거룩한 그물 | 조항록
11 어둠의 얼굴 | 김석환
12 영화처럼 | 최희철
13 나는 너를 닮고 | 이선형
14 철새의 일인칭 | 서상규
15 죽은 물푸레나무에 대한 기억 | 권진희
16 봄에 덧나다 | 조혜영
17 무인 등대에서 휘파람 | 심창만
18 물결무늬 손뼈 화석 | 이종섶
19 맨드라미 꽃눈 | 김화정
20 그때 나는 학교에 있었다 | 박영희
21 달함지 | 이종수
22 수선집 근처 | 전다형
23 족보 | 이한걸
24 부평 4공단 여공 | 정세훈
25 음표들의 집 | 최기순
26 나는 지금 운전 중 | 윤석산
27 카페, 가난한 비 | 박석준
28 아내의 수사법 | 권혁소
29 그리움에는 바퀴가 달려 있다 | 김광렬
30 올랜도 간다 | 한혜영
31 오래된 숯가마 | 홍성운
32 엄마, 엄마들 | 성향숙
33 기룬 어린 양들 | 맹문재
34 반국 노래자랑 | 정춘근
35 여우비 간다 | 정진경
36 목련 미용실 | 이순주
37 세상을 박음질하다 | 정연홍
38 나는 지금 외출 중 | 문영규
39 안녕, 딜레마 | 정운희
40 미안하다 | 육봉수
41 엄마의 연애 | 유희주
42 외포리의 갈매기 | 강 민
43 기차 아래 사랑법 | 박관서
44 괜찮아 | 최은묵
45 우리집에 왜 왔니? | 박미라
46 달팽이 뿔 | 김준태
47 세온도를 그리다 | 정선호
48 너덜겅 편지 | 김 완
49 찬란한 봄날 | 김유섭
50 웃기는 짬뽕 | 신미균
51 일인분이 일인분에게 | 김은정
52 진뫼로 간다 | 김도수
53 터무니 있다 | 오승철
54 바람의 구문론 | 이종섶
55 나는 나의 어머니가 되어 | 고현혜
56 천만년이 내린다 | 유승도
57 우포늪 | 손남숙
58 봄들에서 | 정일남
59 사람이나 꽃이나 | 채상근
60 서리꽃은 왜 유리창에 피는가 | 임 윤
61 마당 깊은 꽃집 | 이주희
62 모래 마을에서 | 김광렬
63 나는 소금쟁이다 | 조계숙
64 역사를 외다 | 윤기묵
65 돌의 연가 | 김석환
66 숲 거울 | 차옥혜
67 마네킹도 옷을 갈아입는다 | 정대호
68 별자리 | 박경조
69 눈물도 때로는 희망 | 조선남
70 슬픈 레미콘 | 조 원
71 여기 아닌 곳 | 조항록
72 고래는 왜 강에서 죽었을까 | 제리안
73 한생을 톡 토독 | 공혜경
74 고갯길의 신화 | 김종상
75 고개 숙인 모든 것 | 박노식
76 너를 놓치다 | 정일관
77 눈 뜨는 달력 | 김 선
78 거꾸로 서서 생각합니다 | 송정섭
79 시절을 털다 | 김금희
80 발에 차이는 돌도 경전이다 | 김윤현
81 성규의 집 | 정진남
82 번함 공원에서 점을 보다 | 정선호
83 내일은 무지개 | 김광렬

푸른사상 시선 84

빗방울 화석